L'ESPIONNE

veut la vérité

Marie-Aude Murail a écrit plus de 80 livres, qui ont reçu des dizaines de prix et été traduits dans de nombreux pays. Elle est principalement publiée chez Bayard, à L'école des loisirs et chez Pocket. Son travail pour la jeunesse lui a valu d'être faite chevalier de la Légion d'honneur. Pour en savoir davantage : www.marieaudemurail.com

Frédéric Joos est un illustrateur autodidacte. Il a appris son métier en dessinant dans des petits carnets, un peu comme ceux de l'Espionne. Il pourrait d'ailleurs faire partie de son club : observer la vie et les gens, et les représenter dans des carnets top secrets, ça ressemble beaucoup à de l'espionnage...

Histoires publiées originellement dans le magazine *J'aime lire*

Dépôt légal : avril 2010
ISBN : 978-2-7470-3338-1

Loi n°49 956 du 16 juillet 1949 sur les publications destinées à la jeunesse.

Imprimé en France par CPI Aubin Imprimeur
Achevé d'imprimer en mars 2010

Marie-Aude Murail

L'ESPIONNE
veut la vérité

Illustré par Frédéric Joos

bayard jeunesse

PREMIÈRE ENQUÊTE

Où l'Espionne veut la vérité

« Je vais vous écrire la formule du sérum de vérité sur un petit papier. Mais c'est hyper dangereux parce que, si elle tombe entre les mains d'un dictateur du monde ou d'un CM2, on est mal. »

007

1

LES OPÉRATIONS D'AMOUR

Dimanche dernier, mon grand frère Noël m'a demandé :
– Ça marche toujours ton club d'espionnage ?

C'est un club que j'ai fait avec des garçons de ma classe de CM1 parce que je veux être agent secret plus tard. J'ai dit :

– On ne fait plus d'espionnage en ce moment. On fait des opérations d'amour.

Mon frère a ouvert des grands yeux. Je savais que ça allait l'intéresser parce qu'il a dix-neuf ans et il est très fort sur les opérations d'amour, surtout les multiplications. Je lui ai montré une opération d'amour. Mais j'ai bien précisé :

– C'est juste pour faire un exemple.

J'ai écrit : R + A = ❤ et j'ai expliqué :

– Ça veut dire : Romarine et Angelo s'aiment.

– Ah, okay, okay, a murmuré Noël, très, très intéressé.

Il a écrit : N + A = ❤. J'ai deviné :

– Ça veut dire Noël et Arielle s'aiment !

Mon frère m'a fait un clin d'œil et il a écrit plein d'opérations d'amour avec toutes les filles qu'il connaît. N + B = ❤. N + S = ❤…

J'ai dit :

– Tu es un drôle de menteur, quand même.

Au dîner, il a continué ses opérations d'amour avec les spaghettis. C'était assez dégoûtant parce qu'il faisait des N et des T et des V en nouilles sur la nappe.

– Mais il est fou, a dit Papa, avec son air tout raplapla.

Noël a mis du ketchup sur un des cœurs.

– Regarde, Papa, je saigne d'amour…

Le lundi en classe, on s'est passé des bouts de papier avec des opérations d'amour. Moi, je n'en écris pas. J'ai quatre amoureux que je n'aime pas et ça me suffit comme ça. Madame Maillard, notre maîtresse, a fini par remarquer quelque chose a dit. Elle a dit :

– Emmanuel, veux-tu m'apporter le papier que tu as posé sur le bureau de Mehdi ?

Elle a lu à voix haute :
– R plus A égalent un cœur. C'est quoi, ce rébus ?
J'ai rougi parce qu'il n'y a qu'un R dans la classe et c'est Romarine. Toutes les filles m'ont regardée. Heureusement, Emmanuel n'a rien répondu à la maîtresse. Mais moi, je me suis demandé qui m'avait mise dans une opération d'amour avec Angelo. J'ai pensé que c'était un garçon de mon club.

À la récré, je leur ai demandé. Emmanuel, Mehdi et les deux Grégory m'ont dit que ce n'était pas eux. J'ai regardé Angelo. Il m'a fait une grimace :

– Je connais qu'une opération d'amour. C'est zéro plus zéro égalent Angelo.

J'ai décidé de savoir la vérité.

2

MA FORMULE SECRÈTE

Dans un album de Tintin, *Vol 714 pour Sydney*, le méchant docteur Krollspell invente un sérum de vérité. J'ai regardé quand il fait la piqûre à Rastapopoulos pour le forcer à parler. C'est page 24. Mais le docteur Krollspell ne donne pas la recette de son sérum. J'ai regardé dans le dictionnaire :

Sérum de vérité : composé barbiturique employé en narco-analyse...

Bon, laisse tomber. J'ai réfléchi toute seule et j'ai écrit : V + W + Ta + Px2. C'est la formule du sérum de vérité que j'ai inventée. Il me restait encore à le fabriquer et à cacher la formule parce que, si ça tombait dans les mains d'un dictateur du monde, on serait mal.

Je suis allée à la cuisine pour me faire mon composé de barbitruc, comme c'est écrit dans le dictionnaire. J'ai pris un grand verre. J'ai mis du V rouge, celui que Papa a ouvert hier au dîner.

J'ai ajouté du W que j'ai pris dans le bar des apéritifs. J'ai mis quinze gouttes de Ta. Et déjà trois gouttes dans le jus de tomate, ça fait sauter au plafond. Puis j'ai mis une double dose du P que j'ai trouvé à côté de la salière. J'ai reniflé mon sérum et j'ai éternué. Trop fort.

– Qu'est-ce que tu te prépares ? a demandé ma sœur Bouboullasse, en entrant.

– Un petit cocktail. Tu en veux ?

Si Boubouillasse buvait de mon sérum de vérité, elle m'avouerait où elle a mis mon compas. Elle dit que ce n'est pas elle qui me l'a piqué. Mais moi, je suis sûre qu'elle ment. Boubouillasse a reniflé mon sérum et elle a éternué.

– Tu es folle ? Tu as mis du poivre dedans.

Enfer ! Elle a trouvé un des composants de mon composé. Il faut que je cache mon sérum parce que je n'ai pas du tout envie que ma sœur devienne dictatrice du monde. Elle est déjà assez embêtante comme ça, avec sa crise de l'adolescence, comme l'appelle Maman.

J'ai mis mon sérum dans un flacon d'eau de toilette qui était presque vide et j'ai réfléchi au moyen de m'en servir. Le mieux, ce serait que les gens boivent de mon sérum sans le savoir. Par exemple, je le mélange dans la soupe. C'est juste un exemple parce que je mange aussi de la soupe et je n'ai pas envie d'avouer que j'ai piqué le stylo quatre couleurs de Boubouillasse pour me venger du compas. J'ai cherché une meilleure solution et soudain, j'ai eu une très bonne idée. Le vin ! Il n'y a que Papa

qui en boit et Maman, le dimanche, quand elle n'a pas mal à la tête. Si Papa buvait de mon sérum, il me dirait la vérité au sujet de Mamie. Mamie, c'est la maman de Papa. Elle n'a pas du tout l'air d'une grand-mère parce qu'elle fait son sport en montant les escaliers. Mais moi, je voudrais savoir où est Papy. Papa prétend qu'il est mort. Mais Maman m'a dit un jour que Papy avait quitté Mamie. J'allais pouvoir apprendre la vraie vérité. J'ai mélangé mon sérum avec le vin en le secouant. Ça a fait de la mousse violette sur le dessus. J'ai rebouché et j'ai attendu le dîner avec impatience.

À table, Papa s'est servi du vin et Noël a tendu son verre. Je me suis écriée :

– Tu ne vas pas en boire ?

– Dis donc, moustique, je suis majeur !

Horreur ! Il allait se mettre à tout raconter sur ses amoureuses. Les parents n'en savent pas la moitié ! J'ai voulu le sauver et j'ai dit :

– Mais tu n'en bois jamais !

– On a le droit de faire des exceptions, a dit Maman en tendant aussi son verre.

Catastrophe ! Maman allait dire la vérité à Papa. Elle m'a raconté qu'à quinze ans elle était amoureuse d'un garçon trop beau qui s'appelait Jimmy. Si Papa l'apprenait, ça serait la grosse dispute et le divorce. J'ai dit d'un ton pleurnichard :

– Mais Maman, ça te donne mal à la tête, le vin…

– Le vin blanc, ma puce, a répondu Maman.

– Je peux en avoir aussi ? a demandé ma sœur.

Ils étaient tous devenus fous. Papa s'est mis à rire en donnant du vin à Boubouillasse.

– Qu'est-ce qu'on fête, ce soir ?

Dans un sens, c'était une catastrophe parce que tout le monde allait dire ses secrets. Dans un autre sens, ça m'arrangeait parce que je pourrais récupérer mon compas.

– Tu en veux un petit peu ? m'a demandé Papa.

J'ai bouché mon verre avec la main en rugissant : « Ah non ! » Des mensonges, j'en dis plein. Alors, merci bien ! Papa a levé son verre en faisant :

– À nos amours !

– Stooop ! a hurlé Noël.

Tout le monde est resté le verre en l'air.

– Ça pue, ce truc, a dit Noël en montrant le vin. Tu as senti ?
Papa a reniflé au-dessus de son verre.

– Je ne sens rien… Mais tu sais, je suis enrhumé.

Maman a porté le verre à ses lèvres. Oh là là, elle allait parler de Jimmy !

– Pouah ! C'est infect ! Il a tourné. Il va m'entendre, mon marchand. Huit euros pour du vinaigre !

J'ai bien surveillé Maman toute la soirée. Elle n'a jamais parlé de Jimmy. Dans un sens, c'était mieux pour le divorce. Dans un autre sens, ça m'inquiétait pour le sérum de vérité. Je n'avais peut-être pas trouvé la bonne formule.

3

ÇA MARCHE !

Mon sérum n'était pas assez concentré. Le matin, je me suis levée avant tout le monde. J'ai pris les gouttes pour le rhume qui sont dans la pharmacie et je les ai vidées dans l'évier. J'ai mis mon sérum à la place et j'ai complété avec plein de Tabasco. Puis j'ai laissé tomber vingt gouttes dans la cafetière. Papa est le seul à boire du café.

Ça m'arrangeait parce que le secret qui m'intéressait vraiment, c'était au sujet de Papy. Le compas, c'était moins important.

Tout le monde est arrivé dans la cuisine en bâillant.

– J'ai besoin de me réveiller ce matin, a dit Noël. Je vais prendre du café.

Ah non ! Ça n'allait pas recommencer. Papa est arrivé de la salle de bains à ce moment-là, avec son air pas content :

– Noël, quand tu m'empruntes mon eau de toilette, tu pourrais la remettre sur mon étagère.

C'est quoi, ce délire ? a fait mon frère, en se versant du café.

– Je ne délire pas, merci, a répondu Papa, encore moins content. Je ne trouve plus mon eau de toilette. Elle était presque pleine !

Oh, le menteur ! Elle était presque vide. Noël n'a rien pu répondre parce qu'il venait de prendre une gorgée de café. Il s'est mis à crier.

– Tu t'es brûlé ? s'est affolée Maman.

– Aaaah, aaaah, a fait Noël, en attrapant la bouteille d'eau.

Il a bu à même la bouteille puis il a demandé à Papa :

– Mais tu mets quoi dans ton café ? C'est horriblement fort !

– Ton fils est né pour jouer la comédie, a dit Papa à Maman. Tout ça pour ne pas m'avouer qu'il m'a piqué mon eau de toilette…

– Écoute, Papa, je n'ai pas besoin de ton eau de toilette pour plaire aux filles, a répondu Noël.

Oh là là, mon sérum de vérité commençait à agir. Noël a ajouté :

– Elles sont toutes folles de moi !

J'ai dit :

– Non, non, non !

Je voulais qu'il se taise.

– Quoi, « non, non, non » ? a fait Noël, l'air vexé. Tu veux que je te montre mon carnet d'adresses ? Rien que pour la lettre A, j'ai déjà Arielle, Alexandra et Amandine...

– Noël ! ont grondé Papa et Maman en chœur.

– À la lettre B, j'ai Bénédicte et Béatrice, a continué Noël.

Il allait tout avouer ! J'ai quitté la cuisine en me bouchant les oreilles. C'était terrible de penser que j'avais trouvé la bonne formule. En même temps, c'était super.

4

LE PAPIER EST MEILLEUR QUE LE SUCRE

À la récré, j'ai rassemblé mon club d'espions et j'ai sorti mon flacon.

– C'est du sang ? m'a demandé Emmanuel.

– C'est un sérum de vérité. Si on en boit quelques gouttes, on est obligé d'avouer.

J'avais apporté des morceaux de sucre. J'ai compté dix gouttes sur un sucre. Il est devenu tout rose.

– Mais on avoue quoi ? m'a demandé Emmanuel.

– Ses secrets. Tiens, mange.

Je lui ai mis le sucre dans la bouche.

– Mais je n'ai pas de secrets, a fait Emmanuel, la bouche pleine. Aaah, c'est fort ! Ça pique !

Il a craché le sucre.

– Si, tu as des secrets, a dit Grégory numéro 1.

Emmanuel crachait toujours. Il a répété en pleurnichant :

– Non, je n'ai pas de secrets !

– Si, a dit Grégory numéro 1. C'est toi qui as écrit l'opération d'amour : R + A = ♥.

– C'est faux ! a crié Emmanuel. C'est Angelo qui l'a écrit. Il m'avait dit de pas le dire.

J'ai crié aussi :

– Ça marche ! Ça marche !

Et j'ai embrassé mon flacon de sérum de vérité.

Mes espions ont voulu savoir comment je l'avais fabriqué.

– Je vais vous écrire la formule sur un petit papier. Mais c'est hyper dangereux parce que, si elle tombe entre les mains d'un dictateur du monde ou d'un CM2, on est mal.

– Tu l'écris, a dit Grégory numéro 2, on l'apprend par cœur et après, on le détruit.

J'ai eu une meilleure idée pour mon entraînement d'agent secret :

– On coupe le papier en cinq et on en mange chacun un bout.

J'ai pris une feuille dans mon cahier de brouillon et j'ai écrit ma nouvelle formule plus concentrée :

J'ai expliqué à voix basse que c'était du vin avec du whisky plus une quadruple dose de Tabasco et une double dose de poivre. Les Grégory et Mehdi ont regardé Emmanuel avec des grands yeux parce qu'il avait avalé tout ça sans être mort. J'ai dit :

– Dépêchez-vous d'apprendre la formule par cœur.

Ils l'ont répétée plein de fois, en fermant les yeux pour mieux retenir. Puis j'ai déchiré le papier en cinq morceaux et j'ai fait la distribution. Tout le monde voulait le plus petit bout. J'ai commencé à mâcher le mien. J'ai cru qu'il allait devenir élastique comme du chewing-gum. Mais il est devenu tout dur. Tout le monde se demandait :

– Ça y est ? Tu l'as avalé ?

Emmanuel a réussi en premier. Il a trouvé que c'était meilleur que le sucre.

J'étais encore en train de mâcher quand Angelo s'est approché de nous. Il ne fait pas partie de mon club mais il vient souvent à nos réunions.

– Qu'est-ce que vous faites comme espionnage, en ce moment ?

– Rien, a dit Mehdi, en avalant sa boulette de papier.

Angelo s'est assis avec nous sans me jeter un regard. Il fait souvent comme si je n'existais pas. Est-ce qu'il avait vraiment écrit l'opération d'amour avec mon nom ? Peut-être qu'Emmanuel avait dit une fausse vérité ? C'est possible. C'est ce que font les espions quand on les torture. Ils disent : « La formule secrète est planquée chez ma mamie. » Et ce n'est pas vrai. La formule secrète est chez leur papy (parce que la mamie et le papy de l'espion sont divorcés). Avec tout ça, c'est très difficile de savoir la vérité, même avec mon sérum. Il fallait que j'en fasse prendre une mégadose à Angelo et à Papa. Mais comment ?

5

L'ADDITION DES MALHEURS

J'avais tout mon mercredi pour améliorer ma formule. J'ai voulu ajouter de l'alcool à 90°. Mais, quand je suis arrivée dans la salle de bains, Papa y était déjà. Il cherchait ses gouttes pour le rhume.

– C'est incroyable ! Tout disparaît, dans cette maison.

J'ai préféré mettre une cuillère de moutarde de Dijon. J'avais un plan pour faire parler Angelo : vider tout un compte-gouttes de sérum dans son assiette, à la cantine.

Le jeudi était un jour de ratatouille.

– Pas beaucoup, pas beaucoup ! a dit Angelo à la dame qui sert les plats avec sa louche.

Je me suis assise à côté de lui. J'avais le flacon dans ma poche. Par chance, il s'est relevé pour aller chercher de l'eau. Vite, j'ai vidé le compte-gouttes dans sa ratatouille. Ça faisait une petite flaque rouge sang, mais ça ne se voyait pas trop. Angelo est revenu s'asseoir. Il a grimacé en regardant son assiette. Il m'a demandé :

– Tu veux ma ratatouille ?

– Ah, non ! Je déteste ça !

Angelo a commencé par ses carottes râpées. Mais il a fait une autre grimace :

– Immonde !

C'est toujours ce qu'il dit à la cantine. Il n'aime que les nouilles de sa maman parce qu'il est italien. J'ai dit :

– Essaie la ratatouille. Avec le riz, c'est mangeable.

Il a pataugé avec sa fourchette dans son assiette de ratatouille, *plitch, platch*, en faisant sa tête de boudeur. Il a poussé un soupir et il a avalé un peu de ratatouille avec du riz. Il a ouvert des grands yeux étonnés.

– C'est hyper bon ! Ils ont mis du piment. J'adore le piment.

Angelo a mangé toute la ratatouille. Après, il a bu toute la carafe d'eau en faisant « pin-pon, pin-pon ». Il avait les yeux brillants et la bouche très rouge. Il y a quelque chose qu'il faut dire à propos d'Angelo. Sa maman l'a appelé Angelo à sa naissance parce qu'il était beau comme un ange. Elle me l'a dit et, en plus, c'est vrai.

Au dessert, je lui ai demandé :

– C'est toi qui as écrit l'opération d'amour avec nos deux noms ?

Comme il avait pris la dose maximum de mon sérum, il était obligé de dire la vérité. Il m'a fait sa grimace préférée avec le nez plissé et il m'a répondu :

– Je connais qu'une opération d'amour, c'est la soustraction.

J'ai pensé :

« Tu es peut-être beau comme un ange, Angelo, mais tu es méchant comme mille diables. »

À la récré de la cantine, je suis restée toute seule pour penser à des choses tristes. Ce n'était pas une bonne idée parce que deux grands du CM2 sont venus m'embêter. C'était Erwan et un de ses copains. Ils disent qu'ils font aussi un club d'espionnage.

– File-nous ton sérum de vérité, a dit Erwan en me marchant presque sur les pieds.

J'avais très peur, mais j'ai répondu :

– Je n'en ai pas.

– Emmanuel raconte partout que tu lui en as fait prendre sur un sucre, a dit Erwan en me marchant carrément sur les chaussures.

Enfer ! Erwan allait s'emparer de mon sérum et devenir le dictateur de l'école. Il m'a poussée et je me suis cogné la tête dans le gros platane.

– Donne !

Je cherchais par où m'échapper, mais comme je commençais à pleurer, je n'y voyais plus rien. Alors, j'ai donné mon flacon et Erwan s'est enfui avec son complice. Moi aussi, je me suis enfuie pour aller pleurer tranquille. J'avais une grosse bosse, et j'avais perdu mon sérum, et Angelo ne m'aimait pas, et je ne saurais jamais la vérité pour Papy.

Ça faisait une grande addition de malheurs, et je pleurais, assise par terre, derrière les cabinets.

– Qu'est-ce que tu as ?

J'ai relevé la tête.

– J'ai rien.

– Si. Tu pleures.

Angelo s'est assis à côté de moi. Il s'est penché vers moi et il a passé la langue sur mes larmes.

– Tu es fou ?

– Non. C'est bon. C'est salé.

Il aime le piment et il aime le sel, Angelo.

6

LA VÉRITÉ SUR PAPY

Le vendredi matin, j'ai fait semblant de me doucher en laissant couler l'eau. Je ne pouvais plus me laver parce qu'Angelo avait écrit une opération d'amour sur mon poignet. Je voulais la garder toute ma vie ou au moins jusqu'au dimanche.

Papa était tout seul dans la cuisine en train de prendre son café. Il dormait presque sur son bol. Je me suis assise en face de lui. Il m'a demandé :

– Ça va, ma puce ?

Ça va… Mais au fait, pourquoi je n'ai pas de Papy ?

– Hein ?

J'ai répété ma question et Papa a eu l'air très embêté :

– Tu sais bien… Je t'ai dit qu'il est mort.

– Oui, mais pour de vrai ?

– Ah oui, pour de vrai…, a fait Papa, avec son air tout raplapla. Pour de vrai, Romarine, je ne sais pas si mon père est mort ou vivant.

Il a toussé un peu à cause de son rhume.

– Mon père est parti de la maison quand j'avais sept ans. Il a laissé ta mamie toute seule avec ses quatre enfants.

Papa parlait très bas. Il se tenait tout bossu au-dessus de son bol de café. J'ai demandé :

– Et Mamie, comment elle a fait pour vous acheter à manger ?

Papa s'est redressé avec un grand sourire de fierté.

– Elle a été formidable, ma maman ! Elle a travaillé, elle nous a élevés, elle nous a aimés. Oh, bien sûr, on avait souvent des chaussures trop petites et on mangeait beaucoup de pommes de terre…

– C'est pour ça que souvent tu as l'air pas content ?

– Quoi ? a fait Papa, l'air pas content.

J'ai expliqué :

– Oui, c'est à cause des pommes de terre et des chaussures trop petites…

– Tu crois ? a dit Papa, tout raplapla.

Je me suis levée. J'ai mis mes bras autour de son cou et j'ai murmuré :

– Mais moi, je t'aime. Tu me quitteras jamais, hein, Papa ?

– Jamais, ma chérie, jamais.

J'ai embrassé Papa juste sur sa larme. Angelo a raison. C'est bon. Si je me refais un sérum de vérité, pour que ça marche vraiment, je mettrai mes larmes dedans.

DEUXIÈME ENQUÊTE

Où l'Espionne déclone !

« Depuis que je suis espionne, je ne joue plus à la poupée, sauf une fois où on a inventé que ma Barbie Coiffure était piégée à la bombe. »

1

PREMIER ANNIVERSAIRE DE FILLES

J'ai attendu le dessert pour annoncer la grande nouvelle :

– Marie-Eugénie m'a invitée à son anniv' !

J'ai sorti son invitation, pliée en douze, de ma poche de jeans et je l'ai posée sur la table en la repassant avec la main.

Marie-Eugénie a dessiné un gâteau avec neuf bougies, mais on dirait plutôt une soucoupe volante. Je n'ai pas critiqué parce que c'est la première fois qu'une fille m'invite à son anniversaire.

– Pincez-moi ! a crié mon grand frère, Noël. Marie-Eugénie, c'est bien un nom de fille ?

– Tu as des copines, maintenant ? a fait ma sœur, l'air étonné.

J'ai dit d'une voix énervée :

– On peut faire un club d'espions avec des garçons ET avoir des copines !

Mais bien sûr, Romarine, m'a approuvée Maman. Tu débarrasses, ma chérie ?

D'abord, je me suis croisé les bras pour être sûre de rien faire. Puis j'ai changé d'idée et j'ai aidé Maman. J'avais un plan.

– Il y a beaucoup d'invités à cet anniversaire ? m'a demandé Maman dans la cuisine.

– Non, on sera quatre en tout.

J'ai jeté un coup d'œil dans le couloir pour vérifier que Noël était bien retourné dans sa chambre, et j'ai ajouté :

– On jouera à la Diva Doll. C'est un genre de poupée.

Depuis que je suis espionne, je ne joue plus à la poupée, sauf une fois où on a inventé que ma Barbie Coiffure était piégée à la bombe.

– Les filles vont toutes apporter leur Diva Doll. Et moi, j'en ai pas.

J'avais pris ma voix pleine de larmes. Avec Maman, ça suffit. Avec Papa, il faut pleurer vraiment.

– La mieux, c'est la Diva Glamour. Il y a aussi la Cool, la Sport…

– Et ça se trouve où, ces merveilles ?

– À Prisu ! Je pourrai avoir la Diva Glamour ?

Je faisais des petits bonds en l'air. Je ne peux pas m'en empêcher quand je sens que Maman va craquer.

– Elle est TROP bien ! Je l'ai vue à la publicité. On peut lui faire des tatouages. Marie-Eugénie a la Diva Fun, Fatiah a la Diva Collège et Margaux a la Diva Bohême.
Moi, j'apporterai la Diva Glamour.
Hein, Maman, hein ?

– Oui, oui, mais arrête de sauter.

2

LA DIVA DU PRISU

Le samedi, on est allées toutes les deux au rayon jouets de Prisu. Il fallait aussi que j'achète un cadeau pour Marie-Eugénie, mais pas une Diva, parce qu'elle en aurait deux et on serait jalouses.

– C'est ça, tes Doll Machin ? a fait Maman.

– C'est trop cool, hein ? Tu as vu, elle a des semelles compensées. Tu aimes ?

– C'est atroce. Cette tête qu'elle a !

– Ça se dévisse. On peut lui mettre une tête de Cool ou de Fun à la place. Tu aimes ?

– C'est atroce, a répété Maman.

Je lui ai tout sorti : que les poupées n'étaient plus comme de son temps, que les filles ne joueraient pas avec moi à l'anniversaire, que j'étais la seule de l'école à ne pas avoir de Diva et que je ne demanderais rien d'autre jusqu'à Noël. Dans la queue à la caisse, Maman répétait toujours :

– Pourquoi ils font des choses aussi atroces pour les enfants ?

J'ai répondu avec ma voix énervée :

– Parce que les enfants aiment les trucs moches.

Tout le lundi, Marie-Eugénie, Fatiah et Margaux ont parlé de leur look pour mercredi. Fatiah se ferait des petites tresses africaines. Margaux a dit qu'elle se maquillerait pour de vrai. Marie-Eugénie mettrait son pull qui montre le nombril et qui est interdit à l'école. J'étais démoralisée.

Le soir, je me suis regardée dans la glace du salon. Avec mes cheveux courts et mon pantalon d'espionnage, je n'avais aucun look.

Et là, catastrophe ! j'ai vu mon frère dans le miroir. Il m'a dit :
– Problème ?
Noël ne fait que m'embêter en ce moment. J'ai répondu :
– Je t'espionne, moi ?
Il a ri et s'est baissé pour se mettre à ma hauteur :
– Qu'est-ce qu'elle a, ma diva ?
Là, j'ai craqué :
– Je suis pas diva du tout !

Je lui ai tout raconté pour les tresses africaines de Fatiah et le maquillage de Margaux.

– Je vais être nulle, mercredi.

– Tu n'as qu'à te coiffer avec des mèches bleues et des mèches rouges. C'est le look pétard.

J'ai écarquillé les yeux. Trop méga ! Puis je me suis renfrognée.

– Problème ? a fait Noël.

– Maman ne voudra pas.

– Quel est l'imbécile qui te garde, le mercredi ? m'a demandé Noël.

Je lui ai passé les bras autour du cou :

– Toi.

3

NUMÉRO-DEUX

Madame Lormont, la maman de Marie-Eugénie, avait aussi les cheveux en pétard, le mercredi, avec des mèches pleines de farine.

– J'ai voulu faire une pièce montée, a-t-elle expliqué à Noël.

Elle avait des larmes dans les yeux. Ça devait être tout raté. Les autres filles étaient déjà arrivées. Elles ont fait : « Trop cool ! » quand elles ont vu mon look.

– Et on a acheté la Diva Glamour, a crâné mon frère en prenant une voix de fille.

Je l'ai poussé vers la sortie, vite fait.

– Vous venez dans ma chambre ? nous a demandé Marie-Eugénie.

– Vous gardez Jean-Côme avec vous ! a ordonné madame Lormont.

C'est le petit frère de Marie-Eugénie. Il a cinq ans.

– Mais, Maman, on va jouer à des jeux de fille !

Madame Lormont a hurlé :

– C'est une fête, et tout le monde a le droit d'en profiter !

On a filé vers la chambre, la tête baissée, avec Jean-Côme qui boudait. Pour remettre un peu d'ambiance, j'ai donné mon cadeau à Marie-Eugénie. C'était un minisac à dos hyper trop mode. Je demanderai le même à mon anniversaire.

– On joue aux Diva ? a proposé Marie-Eugénie.

J'étais contente d'avoir la Glamour. Elle est mieux que les autres.

– Regarde mon cadeau d'abord, a dit Fatiah avec un air de mystère.

Et là, catastrophe ! Cette idiote avait acheté une Diva Glamour, exactement la même que la mienne.

– On dirait que ça serait des jumelles, a commencé Margaux. Elles s'appelleraient Ludivine et Ludmilla.

J'ai déjà remarqué que les filles trouvaient toujours des noms tartes pour les poupées.

– Trop cool ! ont crié Fatiah et Marie-Eugénie.

– Trop moche, a marmonné Jean-Côme.

– Alors, toi, Jean-Coin-Coin, tu fermes ton bec, a dit sa sœur.

On a ricané. Puis Margaux nous a raconté l'histoire des sœurs Glamour :

Ludivine serait dans un club de pom-pom girls, et Ludmilla, elle n'y serait pas, parce que les autres filles ne voudraient pas de jumelles dans leur club. Alors, Ludmilla serait désespérée et elle irait se faire un look de Fun pour qu'on ne la reconnaisse pas.

– Trop bête, a bougonné Jean-Côme.

Fatiah a dévissé la tête de la Fun pour la mettre à ma Glamour. J'ai senti que je n'allais pas m'amuser du tout.

– Une poupée sans tête ! a couiné Jean-Coin-Coin.

Il a attrapé la Fun et il a fait :

– Ha, ha, je suis la Diva fantôme, je coupe les têtes des filles avec mon sabre de la mort.

Il donnait des coups de Diva dans le vide. Il était trop marrant.

Mais Marie-Eugénie s'est redressée, furieuse :

– Je vais le dire à Maman ! Rends-moi ma Fun !

– Viens me chercher si tu l'oses ! a dit Jean-Côme en sautant sur le lit. Je suis le fantôme de la Diva qui pète.

J'étais écroulée de rire. Les autres m'ont regardée et ont crié :

– Mais c'est PAS drôle !

– On ne va jamais pouvoir jouer !

Je me suis approchée du lit et j'ai mis les poings devant moi, comme Angelo quand on l'embête :

– Jean-Côme, tu rends la Fun ou je te mets la tête au carré.

Il s'est arrêté de sauter et il m'a jeté la poupée à la figure. Ça valait mieux parce que je ne sais pas à quoi ressemble une tête au carré.

J'ai attrapé ma Glamour et j'ai dit :

– Elle ne s'appelle pas Ludmilla. Elle s'appelle Numéro-Deux. Ce n'est pas une jumelle mais elle est exactement comme Ludivine parce que c'est… un clone.

Il y a eu un silence puis Margaux a demandé :

– C'est quoi déjà, un clone ?

– C'est une imitation. On prend un morceau microscopique de quelqu'un sans lui dire et on fait la multiplication de ses particules. C'est un genre de chose scientifique.

Les filles fronçaient les sourcils. Jean-Côme suçait son pouce.

Alors, j'ai pris une voix très basse pour leur faire peur :

– Numéro-Deux est très méchante. Elle veut tuer Ludivine pour avoir sa place chez les pom-pom girls. Et si on n'invente pas une machine à décloner, on va tous être remplacés par nos Numéro-Deux.

– C'est vrai ? a demandé Jean-Côme.

4

MISSION DÉCLONAGE

Marie-Eugénie a un tableau blanc avec des feutres. J'ai dessiné le plan d'une machine à décloner.
– Ça va être difficile à fabriquer, a dit Fatiah.
J'ai poussé un soupir et j'ai répondu :
– C'est de la « haute technologique », mais on va y arriver.

J'ai énuméré tout ce qu'il me fallait : une boîte en carton, du papier, de la colle, des ciseaux, des feutres rose, rouge et violet, un trombone déplié et un entonnoir.

L'emballage de la Diva Glamour a servi pour fabriquer le récepteur. J'ai découpé une bande de papier cadeau pour faire le régleur et je l'ai colorié de trois couleurs différentes.

J'ai expliqué :

– Le rose, c'est force faible, le rouge, c'est force moyenne, et le violet, c'est force maximum. On règle la force avec le trombone.

J'ai percé trois trous dans le régleur, un par couleur.

– Quand on enfonce le trombone dans le trou du violet, on a un captage au maximum.

– Mais on capte quoi ? a dit Margaux, qui ne captait rien depuis le début.

J'ai répondu :

– On capte les particules.

– Quelle partie ? s'est étonné Jean-Côme.

– Toi, coin-coin ! lui a dit sa sœur pour qu'il se taise. Je vais chercher l'entonnoir.

Elle m'a fait un signe de tête :

– Tu viens avec moi ?

Madame Lormont était dans sa cuisine. Elle regardait sa pièce montée, l'air découragé.

J'ai remarqué :

– Elle est un peu enfoncée au milieu.

– Je n'ai pas besoin que tu me le dises pour le voir ! s'est énervée madame Lormont. Et toi, qu'est-ce que tu fais dans les placards ?

Marie-Eugénie cherchait notre capteur à particules. Il fallait que je détourne l'attention de sa mère. J'ai demandé :

– On sera obligés d'en manger ?

J'ai cru que madame Lormont allait me bouffer. À ce moment-là, patatras ! Marie-Eugénie a renversé tout un tas de casseroles sur le carrelage.

– Mais qu'est-ce qu'elle me fait ? a crié madame Lormont. Sortez-moi de cette cuisine !

J'ai aperçu l'entonnoir par terre. Vite, je l'ai attrapé et je l'ai mis dans mon dos.

On s'est sauvées avec le capteur.

– Mission accomplie ! a annoncé Marie-Eugénie aux autres filles.

On a enfoncé le capteur dans le récepteur. Notre machine était terminée.

– C'est nul, a critiqué Jean-Côme.

– Tu veux que je te déclone ? a demandé sa sœur en tournant le capteur vers lui.

Il est parti en courant vers la cuisine. Il criait :

– Maman, Maman ! Marie-Eugénie, elle déclone !

Je crois que sa mère a compris autre chose parce qu'il s'est pris une claque. Puis elle nous a appelées pour le goûter.

5

TOUT MOU

Madame Lormont avait fait une décoration avec des serviettes en papier Harry Potter et des assiettes en carton Tom-Tom et Nana.

C'était un peu mélangé, mais c'était bien quand même. Madame Lormont a apporté le gâteau en chantant : « Happy birthday to you. »

– Il est tout « moulasse », a fait Jean-Côme d'un ton dégoûté.

Les bougies s'enfonçaient dedans.

– J'ai pas très faim, a dit Fatiah.

Marie-Eugénie a soufflé ses bougies. On a applaudi, et Jean-Coin-Coin a voulu attraper l'Orangina derrière le gâteau. La bouteille lui a glissé des mains et elle s'est renversée sur la pièce montée. On a poussé des tas de cris pour faire l'ambiance. Coin-Coin pleurait très fort pour ne pas se prendre une autre claque.

– Oh ! a dit Margaux, il y a un petit bassin au milieu du gâteau.

Madame Lormont a tout essuyé en n'arrêtant pas de dire qu'elle s'en souviendrait. Puis elle nous a servi des parts de bouillie de gâteau.

– Hmm, c'est superbon, a dit Jean-Côme. Ça a goût d'Orangina.

On en a tous mangé deux fois. Après le goûter, on est repartis dans la chambre.

– On continue le jeu du déclonage ? a demandé Fatiah.

Je me suis tournée vers Marie-Eugénie en prenant un air de soupçon :

– Ta mère, elle rate souvent les gâteaux ?

– Jamais.

– J'en étais sûre ! C'est pas ta mère. C'est une Numéro-Deux.

J'ai eu peur que Jean-Côme se mette à pleurer. Mais non, il a juste dit :

– Ma vraie mère ne donne pas de claques.

Ça se confirmait : madame Lormont était un clone. Nous allions la viser avec le capteur.

– Et qu'est-ce qui va se passer ? m'a questionnée Margaux.

– Elle va se désintégrer.

On est partis à la queue leu leu dans le couloir. Madame Lormont-Numéro-Deux s'était réfugiée dans la cuisine. Elle faisait semblant de laver des plats comme une mère normale. On était tous bien aplatis contre le mur. Jean-Côme n'arrêtait pas de rire et de chuchoter, et j'ai dû lui plaquer ma main contre la bouche.

Marie-Eugénie a braqué le capteur sur sa fausse mère.

– Force maximum, lui a conseillé Fatiah.

Et là, enfer et ratage, le régleur s'est bloqué à force faible. On a dû repartir dans la chambre en courant.

J'ai débloqué le trombone et je l'ai enfoncé dans le violet.

– Et si madame Lormont n'est pas un clone ? m'a demandé Margaux. Qu'est-ce que va lui faire le capteur ?

– Ça tue pas, a répondu Jean-Côme. Ça « ramoulit » le cerveau. Il devient comme le gâteau.

On a ricané. Il est malin, le petit frère de Marie-Eugénie. J'ai expliqué que je savais faire la différence entre un clone et un vrai humain.

– Mais il faut que je fabrique un analyseur de particules. Pour ça, il me faut une loupe, une pince à épiler…

Les filles ont poussé des soupirs.

– C'est pas marrant, a dit Margaux. On te regarde fabriquer et on s'embête. Moi, je préfère jouer aux Diva. La mienne s'appelle Priscilla, et elle serait vétérinaire de cheval.

Fatiah a pris sa Diva Collège et elle a dit qu'elle s'appellerait Pâquerette et qu'elle serait la cousine de Priscilla.

– Et leur mère, elle serait morte, et elles habiteraient ensemble…

Je les ai regardées sans jouer. C'était trop compliqué, leurs histoires. Soudain, j'ai senti qu'on me tirait par le bras. C'était Jean-Côme. Il avait trouvé la loupe et la pince à épiler.

6

UNIQUE AU MONDE

On s'est assis sur le lit, Jean-Côme et moi, et j'ai dessiné le plan de l'analyseur.

– Et la pince, c'est pour quoi ? m'a demandé Jean-Côme.

– C'est le préleveur de particules. On arrache un poil et on fait l'analyse. Mais il me faut du produit à vaisselle pour la réaction chimique.

Jean-Côme est parti en courant vers la cuisine. En l'attendant, j'ai essayé de m'arracher un poil à la jambe. Je ne crois pas que je suis un clone, mais c'est quand même mieux de vérifier.

Jean-Côme est revenu avec du produit à vaisselle tout orange. Je lui ai dit qu'on allait faire l'expérience sur moi et qu'on la ferait avec sa mère une autre fois.

– Oui, parce qu'aujourd'hui elle est de mauvais poil, m'a répondu Jean-Côme.

C'est incroyable ce qu'il est drôle pour cinq ans ! Pendant ce temps, Fatiah faisait la voix de Pâquerette en train de pleurer parce que son cheval chéri était devenu aveugle.

– Mais pourquoi vous riez ? m'a demandé Marie-Eugénie.

Elle avait l'air en colère.

– Toi, coin-coin ! lui a dit son frère.

J'ai cru que ça allait faire la bagarre. Heureusement, on a sonné à la porte.

– C'est ta maman, Romarine ! m'a appelée madame Lormont.

Maman m'attendait dans l'entrée. Elle a ouvert de grands yeux en voyant ma coiffure. J'ai dit :

– Problème ?

Maman a marmonné :

– Toi et Noël, vous vous y entendez pour les bêtises.

Puis elle a demandé aux copines si on s'était bien amusées avec les Diva. Marie-Eugénie a raconté le jeu de la vétérinaire de cheval.

Pour faire son intéressante, elle a ajouté :

– C'est le métier que je veux faire plus tard.

– Moi, plus tard, a dit son petit frère, je veux être décloneur.

– Jean-Côme ! a grondé madame Lormont qui avait encore mal compris.

On s'est fait des bisous et j'ai pensé à remercier pour le gâteau. Jean-Côme m'a tirée par le bras et il m'a tendu un bout de papier. J'ai regardé dans l'ascenseur. Il avait dessiné un cœur. Je ne suis pas une diva, mais tous les garçons sont amoureux de moi.

À la maison, Maman m'a rincé les cheveux. Le bleu et le rouge s'en allaient dans le lavabo. C'était triste comme une fête qui est finie. Alors, pour me consoler, j'ai coupé les cheveux de ma Glamour et je lui ai fait des mèches avec mes bombes de couleur. Puis je l'ai habillée avec mon costume de Ken, star du rock.

On a frappé à la porte de ma chambre. J'ai cru que c'était Noël et j'ai crié en brandissant ma poupée :

– Regarde ! C'est la Diva Pétard !

Mais c'était Maman. Elle a fait un « ooh » tout désolé. J'ai dit d'une petite voix :

– Tu aimes ?

Elle a froncé les sourcils, pas trop contente. Je lui ai expliqué :

– Je ne veux pas que ma Diva ressemble à celle de Marie-Eugénie. Comme ça, elle est unique au monde.

Maman a souri et elle m'a dit :

– Toi aussi.

TROISIÈME ENQUÊTE

Où l'Espionne cartonne

« Les portables ne captent pas sous l'eau. C'est pour ça que les espions s'entraînent à la télépathie. »

1

ALLÔ, YU-GI-OH !

Mon frère Noël a un portable. C'est normal, il a dix-neuf ans et beaucoup d'amoureuses qui l'appellent quand on est à table. Ma sœur Boubouillasse voudrait aussi un portable :

– Toutes mes copines en ont un.

Papa a répondu qu'à treize ans, ça ne servait à rien qu'à se le faire voler.

Moi, je n'ai pas besoin d'un portable. Je m'entraîne à la télépathie avec mon club d'espionnage. Enfin, j'essaye parce que, en ce moment, mon club ne marche pas bien. Mehdi, Emmanuel et les deux Grégory sont devenus fous. Au lieu d'avoir une conversation normale, comme : « Tu ne crois pas que la maîtresse est une alien ? » ; ils disent : « J'ai une carte monstre à effet Flip. »

C'est la faute de *Yu-Gi-Oh !*, un dessin animé japonais idiot que je regarde tous les soirs à 18 heures 35. Je n'y comprends rien.

Personne ne comprend rien, mais les garçons de mon club jouent aux cartes *Yu-Gi-Oh !* en disant n'importe quoi :

– Lézard bavant, attaque !

– J'ai Crâne invoqué, c'est 1 200 de défense.

Ce lundi, on avait une réunion du club près des cabinets et Mehdi a encore sorti de sa poche ses cartes pourries.

– J'ai deux Germes ignobles. Qui c'est qui change ?

J'ai dit :

– Non, merci. On doit faire de la télépathie.

Mais ils étaient repartis dans leur *Yu-Gi-Oh !* chéri.

– On fait un duel de monstres ? a demandé Emmanuel.

En classe, il ne comprend rien. Mais en monstres, il est très fort. Il apprend toutes les cartes par cœur.

Comme mes espions m'énervaient trop, j'ai cherché Angelo dans la cour de récréation. Il n'est pas de mon club, mais il ne joue pas à *Yu-Gi-Oh !*, c'est déjà ça. Quand je l'ai aperçu, il était avec des grands du CM2. Bizarre.

D'habitude, ce sont nos ennemis, surtout Erwan, qui copie tout sur mon club d'espionnage.

Je me suis approchée, et là, mille milliards de Germes ignobles ! j'ai vu Erwan en train de frimer avec un téléphone portable. Il m'a dit :

– C'est le top pour espionner. Tu en as un ?

– Non, moi, je suis télépathe.

À partir de ce lundi maudit, Angelo m'a appelée « la télé à pattes ». J'ai fini par lui dire que tout le monde pouvait devenir télépathe.

– Et comment ? a demandé Angelo.

Tout mon club m'a regardée avec l'air de croire que j'avais la réponse. J'ai dit :

– Il faut faire des exercices de concentration comme les espions russes. Il y en a un qui va à son bureau d'espionnage et l'autre qui descend dans un sous-marin. Quand il est tout au fond de la mer, il envoie un message télépathique au bureau. Par exemple : « Y a quoi à la cantine ? »

Pour m'embêter, Angelo m'a demandé :

– Il n'a pas de portable, ton espion russe ?

– Si, mais des fois, c'est sa femme qui en a besoin, a répondu Emmanuel à ma place.

J'ai haussé les épaules. Les garçons n'ont pas du tout l'esprit scientifique :

– Les portables ne captent pas sous l'eau. C'est pour ça que les espions s'entraînent à la télépathie.

On a décidé qu'on ferait l'entraînement des espions russes à la récré de la cantine.

J'ai dit :

– J'apporterai le matériel, demain.

Angelo a pris l'air étonné :

– Tu as un sous-marin ?

2

J'AI DU MAL AVEC LES GIRAFES

En fait, *Yu-Gi-Oh !* m'avait donné une idée. Quand on met une carte retournée sur le tapis de jeu, personne ne peut savoir si c'est Germes ignobles ou Électrofouet. C'est excellent pour faire de l'entraînement télépathique. Mais je n'ai pas le droit d'acheter des cartes *Yu-Gi-Oh !* parce que, d'après Papa, ça met le carton au prix du caviar.

Donc, je me suis mise à chercher du carton pour fabriquer des cartes. Eh bien, ce n'est pas facile à trouver dans une maison ! Dans ma chambre, rien. Dans la cuisine, le Sopalin était trop mou et la boîte de corn-flakes était déjà décorée. Je suis allée dans la chambre de Noël. C'est toujours lui que j'embête en premier.

– Tu n'as pas du carton ?

– Quoi ?

Il a reposé ses haltères sur le bureau. Il fait de la musculation pour plaire aux filles.

J'ai pris un air de gros souci :

– Il me faut du carton. Mais sans dessins dessus.

Mon frère s'est tout de suite énervé :

– Tu n'as qu'à en chercher ! Je ne suis pas ta bonne. Et tu ne vois pas que je suis occupé ?

Il ne m'avait jamais parlé sur ce ton. J'en ai eu des larmes dans les yeux, sans trop me forcer. J'ai crié :

– Tu peux toujours faire de la « muscu ». Si tu es bête, tu plairas à personne !

J'étais vengée, mais je n'avais pas de carton.

Après beaucoup de réflexion, j'ai eu une idée. Le papier des cabinets ! Il est entouré d'un carton rose d'un côté et gris de l'autre. J'ai pris tous les paquets de la réserve et j'ai enlevé tous les cartons. Évidemment, les feuilles de papier sont tombées par terre. Comme je n'arrivais pas à les remettre en tas, j'en ai fait un gros bouchon et je l'ai jeté dans les W.-C. Puis je suis retournée dans ma chambre.

J'avais huit cartons de la même taille et j'ai commencé mes dessins sur le côté gris, d'abord un éléphant, puis une girafe.

À ce moment-là, Noël est entré dans ma chambre. J'ai dit :

– Tu as frappé ? J'ai pas bien entendu…

Il avait une boîte de chaussures à la main.

– Je t'ai trouvé du carton.

– C'est gentil, mais j'en ai plus besoin. Tu peux retourner te muscler.

Des fois, j'aime bien être une vraie peste, surtout avec mon frère chéri que j'adore. Il a regardé mes dessins par-dessus mon épaule.

– C'est un zèbre ?

Il me montrait la girafe.

– Tu sais pas que les zèbres sont rayés ?

– Alors, c'est un lama…

– Tu vois pas qu'elle a un long cou !

– Ah oui, c'est une autruche !

J'ai failli m'énerver. Mais j'ai compris à temps que Noël me faisait marcher. Je lui ai montré la sortie :

– Va te muscler le cerveau, va !

Le lendemain, j'ai apporté mes huit cartes dessinées à l'école. J'avais un peu des doutes pour le chameau. On aurait plutôt dit un chien bossu.

À la récré de la cantine, j'ai expliqué l'entraînement à mes espions.

– Je mets huit cartes retournées devant le télépathe. Je lui en montre une et il doit deviner ce que c'est.

– Ça, c'est pas de la télépathie, a dit Angelo. C'est de la voyance.

Angelo s'est mis à expliquer :

– Pour la télépathie, on a besoin de deux personnes. Il y a l'émetteur qui regarde la carte de l'éléphant, il pense très fort « éléphant » et il envoie le mot par la pensée à l'autre, le récepteur.

J'étais furieuse parce que Angelo fait toujours celui qui sait mieux que moi, alors qu'il n'est même pas espion. Il m'a dit :

– J'ai cherché sur Internet à « télépathie ».

J'en ai marre. Je n'ai pas Internet, pas de portable, pas de cartes *Yu-Gi-Oh !*.

Mehdi a pris mes cartes. Il a vu ma girafe et il a dit :

– C'est super-ressemblant.

Angelo a fait la grimace :

– Et c'est quoi ?

Mes espions se sont écriés d'une seule voix :

3

J'AI UN PROBLÈME AVEC PATAQUÈS POURRI

J'ai décidé que j'allais faire des monstres parce que les monstres n'ont pas besoin d'être ressemblants. J'avais plein d'idées de nom. « Bardane à trois piques » et « Pataquès pourri ». Mais je n'avais plus de carton. Je suis allée voir Noël dans sa chambre :

– Tu as encore ta boîte à chaussures ?

Mon frère a continué ses haltères sans me répondre. J'ai dit :
– Tu es supermusclé, maintenant.
Comme il ne s'intéressait toujours pas à moi, j'ai ajouté :
– Tu ressembles à un acteur, mais je ne sais plus lequel.

Mon frère m'a regardée sans arrêter ses exercices. J'ai pris un air de très, très gros souci :

– Il me faut du carton. C'est hypra-important.

– Pourquoi ?

– Parce que Erwan a un portable, et moi, je dois m'entraîner à la télépathie avec des cartes comme les espions russes en sous-marin.

Mon frère a fait une tête d'imbécile :

– Comprends pas.

– Noël, c'est pour mon club d'espionnage. J'ai besoin de ta boîte à chaussures.

Il a fait semblant de m'assommer avec un haltère puis il a ouvert son armoire à cochonneries et il a retrouvé la boîte.

Je suis retournée dans ma chambre, toute contente, et j'ai commencé à découper mes huit cartes. Malheureusement, j'ai un problème avec mes ciseaux, ils ne coupent pas droit. J'avais des cartes tout de travers. J'ai recoupé et recoupé encore. À la fin, j'avais des bouts de carton pas plus grands que des timbres-poste et « Pataquès pourri » avait la même tête que « Scoubidou à réaction ».

Je me suis effondrée sur mon bureau, la tête dans mes bras croisés.

– Ça n'a pas l'air de marcher fort, la télépathie, a dit une voix dans mon dos.

Je me suis redressée en criant :

– J'ai pas entendu frapper !

Noël a pris la carte de « Pataquès pourri » et il a dit :

– Tiens, une girafe !

Ça m'a donné une idée.

– Noël, est-ce que tu dessines bien les girafes ?

Mon frère a accepté de me faire mes cartes télépathiques. J'étais trop contente mais je n'avais plus de carton… Alors, Noël est allé dans le bureau de Papa pour chercher des cartes de visite.

Je l'ai laissé faire tout seul parce que je n'ai pas le droit de fouiller dans les affaires des parents. Noël non plus, mais c'est moins grave parce qu'il est majeur. Il a pris huit cartes de visite et il m'a dessiné une girafe, un éléphant, un chameau, un zèbre, un lion, une autruche, un rhinocéros et une mygale.

Le lendemain, à la récré, on a décidé de commencer l'entraînement entre Mehdi et moi. J'ai regardé une carte et j'ai fermé les yeux pour la concentration.

– C'est difficile de se concentrer ? a demandé Emmanuel.

– Non. Je pense le mot « zèbre » et…

Je me suis arrêtée, mais c'était trop tard.

– Elle l'a dit ! Elle l'a dit ! ont crié les deux Grégory.

J'ai dû prendre une autre carte et je me suis hypra concentrée. Puis j'ai ouvert les yeux :

– Alors, c'est quoi ?

– Une mygale ? a proposé Mehdi.

C'était un lion. J'ai dit :

– Ça, c'était juste un entraînement. Maintenant, on le fait vraiment.

J'ai pris une autre carte :

– Alors ?

– Un chameau ?

C'était l'autruche. À la carte suivante, Mehdi a bien deviné l'éléphant, mais Grégory numéro 1 avait regardé par-dessus mon épaule et imité la trompe avec son bras. Il y avait un peu de la triche.

À ce moment-là, Erwan du CM2 s'est approché de nous.

– Vous n'avez toujours pas de portable pour votre club de nazes ?

– C'est toi, le naze, a répondu Emmanuel. Tu n'es même pas télépathe.

– Parce que tu l'es, toi ?

Emmanuel m'a montrée du doigt :

– Non, c'est elle.

J'ai fait voir mes cartes télépathiques à Erwan et il a eu l'air intéressé. Il a dit :

– Je vais m'entraîner avec mon club.

– Et après, on fera un duel ! s'est écrié Emmanuel.

On a fixé la date du duel au mardi suivant.

4

UN ÉLÉPHANT DANS LE CAMEMBERT

J'avais une semaine pour devenir télépathe. Angelo me servait d'agent double parce qu'il allait dans les deux clubs et il me tenait au courant des progrès d'Erwan. Le jeudi, il m'a annoncé :

– Fais gaffe ! Il devine six cartes sur dix.

Mille milliards de Germes ignobles ! Il allait gagner le duel ! Mais Angelo me racontait peut-être n'importe quoi. Un agent double, c'est la même chose qu'un gros menteur.

À la maison, je m'entraînais à deviner mes cartes retournées. Mais comme je n'avais personne pour m'envoyer le message télépathique, je ratais presque tout le temps. J'ai encore été obligée de demander de l'aide à Noël. Il a grogné :

– C'est bidon, la télépathie.

– Les espions russes y arrivent.

– Tu es russe ?

J'ai fait non de la tête et je suis allée regarder la télé, tellement j'étais déprimée. Je suis tombée en plein sur *Yu-Gi-Oh !* et j'ai trouvé la solution pendant l'épisode. J'ai couru dans la chambre de mon frère :

– Noël, tu sais quoi ? Pour la télépathie, il faut parfumer les cartes !

Mon frère m'a répondu que, cette année, il préparait le bac. J'ai été obligée de mieux lui expliquer :

– Maï, la voyante dans *Yu-Gi-Oh !*, elle triche. Elle renifle les cartes, elle les reconnaît à l'odeur. Je vais parfumer mes cartes télépathiques, tu comprends ?

Mon frère a hurlé qu'il était en train de réviser pour son contrôle de maths. Il a mauvais caractère, quand même.

J'ai décidé de me débrouiller toute seule. J'ai mis la carte de l'éléphant dans la boîte de camembert et celle de l'autruche dans le paquet de café. J'ai parfumé la mygale avec l'après-rasage de Papa. J'ai plongé le rhinocéros dans la lessive en poudre et le lion au milieu du sachet de boules antimites. J'ai été gentille avec le zèbre, je l'ai glissé dans un sachet de lavande. Le chameau, je l'ai installé dans une plaque de chocolat noir. Restait la girafe. Je suis allée voir Noël dans sa chambre :

– Tu as pas une idée pour parfumer une girafe ?

– Mes baskets.

Mes cartes allaient s'imprégner des odeurs pendant trois jours, et moi, j'avais trois jours pour apprendre que :
éléphant = camembert
autruche = café
mygale = après-rasage
rhinocéros = lessive
lion = antimite
zèbre = lavande
chameau = chocolat
girafe = pue des pieds.

Je n'ai jamais été très bonne pour apprendre par cœur. Alors, j'ai fait un petit poème pour m'aider à retenir :

Un éléphant
dans le camembert ?
« C'est fort de café »,
dit l'autruche...
La mygale rase ses poils...
... le rhinocéros lave
sa brosse...
... le lion imite la mite...
... le zèbre vend de la lavande
... le chameau boit
son chocolat...

J'ai répété ma poésie plein de fois, dans la cuisine, dans le salon, dans le couloir.

Maman m'a demandé si c'était de Prévert*.

*Jacques Prévert est célèbre pour ses poèmes basés sur les énumérations.

Au fromage, c'est Papa qui a demandé :
– Qu'est-ce que fait cet éléphant dans le camembert ?
J'ai répondu :
– C'est pour mon club d'espionnage.
C'est une phrase qui sert pour toutes les explications.

5

UN PEU DE TÉLÉPATHIE SCIENTIFIQUE

Pour réussir ma tricherie, il me fallait un complice. J'ai choisi Angelo parce qu'un agent double, c'est la même chose qu'un gros tricheur. Le mardi, on a réuni le club d'Erwan et le mien. On a tiré au sort pour savoir qui allait commencer. Mehdi faisait l'arbitre :

– Pile. C'est Erwan qui commence. Tu as tes cartes ?

Il avait dessiné des animaux sur des cartes de visite. Il est nul en invention d'espionnage. Et il est nul aussi en télépathie. Il n'a eu qu'une seule carte de bonne : le gorille.

– C'est au tour de Romarine, a déclaré Mehdi.

J'ai dit que j'allais faire de la télépathie scientifique, comme dans les laboratoires d'espions russes.

– On va me bander les yeux.

Angelo m'a bandé les yeux et il a dit :

– J'ai mis les cartes télépathiques dans des enveloppes. Une carte par enveloppe. Pour être sûr que je triche pas, Erwan va mélanger les enveloppes.

J'entendais autour de moi des enfants qui demandaient :

– Qu'est-ce qui se passe ?

– Chut ! C'est de la télépathie scientifique.

Angelo a pris une enveloppe, il l'a ouverte, il a montré le dessin aux autres. Moi, je ne voyais rien. Mais il a approché la carte de mon nez. J'ai fait semblant de me concentrer en inspirant très fort, en inspirant… une odeur de chocolat.

– C'est le chameau !

Tout mon club a crié : « Ouais, ouais ! Un point ! » Les autres ont dit :

– Elle voit à travers le bandana !

– Qu'est-ce que tu veux qu'elle voie ? La carte est retournée !

Angelo a ouvert une deuxième enveloppe et j'ai senti tout près de mon nez une bonne odeur de lavande :

– Le zèbre !

– Ouais, deux points !

J'ai eu huit points sur dix parce que j'ai confondu l'éléphant avec la girafe. Ce n'est pas de ma faute si les baskets de Noël sentent le camembert ! J'ai quand même été déclarée gagnante du duel par huit à un.

À la sortie de l'école, j'ai entendu une petite CP qui disait à sa maman en me montrant du doigt :

– C'est elle qui est télépathe.

Une fois à la maison, je n'ai pas pu raconter mon duel à Noël, parce que ses amoureuses l'appelaient sans arrêt sur son portable. « Allô, Virginie ? » « Allô, Béatrice ? »

Ça m'étonnerait qu'il ait son bac.

Au dîner, j'ai tout de suite remarqué une grosse bosse sous la serviette de ma sœur. Boubouillasse l'a soulevée et elle a fait ses yeux de Bambi :

– Oh, Papa !

– Ce n'est pas moi, a dit Papa, avec son air tout raplapla. C'est une idée de ta mère.

– Oh, Maman ! a fait ma sœur, toujours avec ses yeux de Bambi.

Bref, c'était un téléphone portable.

Ma sœur a dit qu'il était trop top et mon frère a passé tout le repas à lui expliquer le mode vibreur et le verrouillage du clavier. Gavant. Je ne suis pas jalouse, mais je ne vais quand même pas attendre mes treize ans pour avoir mon téléphone portable.

Alors, je me suis hypra-concentrée et j'ai envoyé un message télépathique à Maman :

« Urgent. Acheter portable à Romarine. »

Mais je n'ai pas eu l'impression qu'elle réceptionnait. Cela marcherait peut-être mieux si je l'hypnotisais ? Les espions russes hypnotisent leurs ennemis. Je vais m'entraîner avec mon club.

QUATRIÈME ENQUÊTE

Où l'Espionne est occupée

« J'ai écrit sur mon carnet d'espionnage tous les noms secrets.
Le mien, c'est Claude. J'aimerais m'appeler Claude parce
qu'on ne peut pas savoir si vous êtes une fille ou un garçon. »

1

GÉRARD JUGNOT EST UN HÉROS

Notre maîtresse, madame Maillard, nous a dit que, comme on avait été très sages pendant un jour, elle allait nous lire une histoire. Justement, elle avait un livre dans son tiroir. Elle l'a sorti avec des yeux tout brillants comme si c'était Noël.

– On me l'a donné quand j'étais petite fille.

– Il doit être supervieux ! a dit Emmanuel.

J'ai cru que madame Maillard allait se fâcher. Mais non, elle a eu les yeux encore plus brillants, comme moi quand on rajoute la fausse neige sur le sapin. Elle a serré le livre contre son cœur et elle a dit :

– Les livres ne vieillissent pas.

Alors, on a tous posé plein de questions en même temps : comment ça s'appelle ? de quoi ça parle ? est-ce qu'elle allait tout nous lire d'un coup ?

Elle a tapé avec sa règle sur son bureau :

– Je ne vais rien lire du tout si vous continuez. Mettez tous un doigt sur la bouche.

Madame Maillard a des punitions comme si on était au CP. Mais ça nous calme très bien.

– Cette histoire s'appelle *Papa est un héros*... Romarine, veux-tu me dire ce qu'il y a de drôle ?

J'ai répondu :

– C'est le titre...

Madame Maillard n'a rien trouvé de drôle dans le titre. Mais elle ne connaît pas Papa.

– Avant de commencer la lecture, je vais vous situer un peu le contexte.

Madame Maillard emploie souvent des mots comme si on était au collège. La situation de contexte, c'était la guerre de l'Occupation quand les Allemands ont envahi la France. Il y avait des Français qui étaient copains avec les Allemands, des genres de traîtres, et on les appelait les « collabos ». Puis il y avait des Français qui se battaient contre les Allemands, mais en cachette, pour ne pas se faire prendre, et on les appelait les Résistants.

– Ah oui ! a crié Mehdi. C'est dans *Papy fait de la résistance*. Il y a Gérard Jugnot qui veut arrêter Super-Résistant.

Mais Grégory numéro 1 n'était pas d'accord :

– J'ai vu Gérard Jugnot dans *Monsieur Batignole*, et il sauve un petit garçon juif des Allemands.

Emmanuel a demandé si Gérard Jugnot était pour ou contre les Allemands, finalement. Angelo lui a répondu que, de toute façon, dans *Les Choristes*, Gérard Jugnot était supersympa.

Madame Maillard a donné un coup de règle sur la table. On a vu qu'elle avait l'air vraiment fâchée et on a tous mis un doigt sur la bouche sans qu'elle le demande. Ça l'a un peu calmée et elle a commencé :

– Chapitre premier : 21, rue des Quatre-Vents…

Des fois, quand on a un contrôle, madame Maillard dit qu'elle veut entendre voler les mouches. Eh bien, là, on aurait pu les entendre parce que, nous, on ne disait plus rien.

Mais vraiment plus rien. Des histoires comme celle-là, je ne savais pas que ça existait.

Madame Maillard nous a dit qu'elle nous en lirait un chapitre par jour si on continuait d'être sages.

2

LA GUERRE DE L'OCCUPATION

À la récré, le lendemain, j'ai réuni mon club d'espionnage : Mehdi, Emmanuel, les deux Grégory et (Angelo). J'ai mis Angelo entre parenthèses parce qu'il vient dans mon club, mais il ne veut pas que je commande. Pourtant, je suis bien obligée de commander puisque c'est toujours moi qui ai les idées.

J'ai dit :

– On va faire la guerre de l'Occupation. La cour de récré serait occupée par les Allemands.

– Moi, je veux bien faire l'Allemand comme dans *Papy fait de la résistance*, a dit Mehdi.

Il s'est incliné devant moi, tout raide :

– *Ponchour, matame*.

On a bien rigolé.

– Je ne veux pas jouer à ce jeu, a dit soudain Emmanuel d'une drôle de voix.

– Pourquoi ? a demandé Grégory numéro 1.

– Parce que.

– Parce que quoi ? a demandé Grégory numéro 2.

– Parce que parce que.

Là, on était bloqués de chez bloqué. Je me suis énervée :

– Alors, tu ne fais plus partie de mon club !

Emmanuel s'est mis à faire plein de grimaces pour s'empêcher de pleurer. On était tous très tristes. Il y a quelque chose qu'il faut que je dise à propos d'Emmanuel. Il est lent du cerveau, mais tout le monde l'aime beaucoup. Mehdi lui a donné un chewing-gum et Angelo une carte *Yu-Gi-Oh !*.

Il a fini par nous avouer son secret :

– Ma sœur a marié un Allemand. Il s'appelle Rudi et il est très gentil. Et d'abord, il ne dit pas « ponchour », il dit « salut ».

J'ai essayé de lui expliquer que les CM2 feraient les Allemands. Ce sont toujours nos ennemis. Des fois, ils sont russes, des fois, ils sont extraterrestres. Emmanuel secouait la tête en marmonnant : « Oui, mais Rudi, il est gentil. » C'était soûlant.

– On ne va pas les appeler des Allemands, a proposé Angelo. On va les appeler… des Merlans.

Angelo a toujours des idées idiotes et les autres sont toujours d'accord. Forcément, ce sont des garçons. Ils se soutiennent entre eux.

À la fin de la journée, madame Maillard a ressorti *Papa est un héros*. On n'avait pas été spécialement sages, mais elle avait envie de lire la suite.

Dans le chapitre 2, on découvre toute la famille Queline. Antoine, qui a quinze ans, a deux petites sœurs, Fanfan et Michelle. Papa Queline est employé dans une imprimerie. C'est un monsieur comme tout le monde, pas vieux ni jeune, pas beau ni moche, avec une petite moustache et l'air fatigué.

Il gronde souvent Antoine parce qu'il ne travaille pas bien à l'école. Personne ne se doute que Papa Queline est un Résistant et qu'il fait plein de trucs extraordinaires.

– Ah oui ! a crié Mehdi, c'est comme dans *La Totale*. Thierry Lhermitte est un agent secret et sa femme ne le sait pas.

Tout le monde a fait « C'est cela, oui », comme Thierry Lhermitte dans *Le Père Noël est une ordure*. Madame Maillard a dit qu'on était impossibles et on a dû mettre un doigt sur la bouche. Mais Angelo s'est amusé à se pincer les lèvres entre le pouce et l'index pour se faire un bec de canard et la maîtresse l'a envoyé chez mademoiselle Lepic, la maîtresse des CM2. Il m'a regardée, catastrophé :

– Chez les Merlans !

3

MOI AUSSI, JE SUIS UNE FAN

Dans l'histoire de madame Maillard, Papa Queline a un nom secret pour faire partie de la Résistance. Il a choisi « Victor » parce qu'il est fan de Victor Hugo.

– Moi, je m'appellerai Thierry, a dit Mehdi.

On a tous fait une tête d'ahuri.

– Ben oui, je suis fan de Thierry Lhermitte.

Alors, Grégory numéro 1 a décidé que son nom de code serait Gérard parce qu'il est fan de Gérard Jugnot. Emmanuel a dit qu'il s'appellerait Rudi et j'ai poussé un gros soupir de fatigue.

– Moi, c'est Cabillaud, a dit Angelo.

Les autres rigolaient déjà. Mais moi, je déteste qu'on tourne toutes nos aventures à la rigolade. J'ai crié :

– Cabillaud, c'est un nom de poisson !

– Merlan aussi, m'a répondu Angelo.

J'ai haussé les épaules et j'ai écrit sur mon carnet d'espionnage tous les noms secrets. Le mien, c'est Claude. J'aimerais

m'appeler Claude parce qu'on ne peut pas savoir si vous êtes une fille ou un garçon.

Depuis hier, on s'entraîne à se donner nos faux noms.

– Eh, Thierry Lhermitte, tu viens me tenir la porte des cabinets ?

– D'accord, Gérard Jugnot.

– Dis, Rudi, tu sais ce qu'on mange à la cantine ?

– Du cabillaud.

– Qui est-ce qui m'appelle ?

C'est assez compliqué d'avoir un nom de code, surtout pour Emmanuel. Quand la maîtresse lui a demandé de venir réciter sa poésie à son bureau, il n'a pas bougé.

– Emmanuel, tu entends quand je t'appelle ? s'est énervée madame Maillard. Mais enfin, Emmanuel, tu te moques du monde ?

Emmanuel m'a lancé un regard avec plein de S.O.S. dedans. Il va falloir qu'on lui réexplique bien qu'il n'est Rudi que pendant la récré. Mais du coup, la maîtresse l'a envoyé chez les Merlans.

Heureusement, il a pu revenir en classe pour le troisième chapitre. Et là, j'ai découvert quelque chose de très, très intéressant. Papa Queline fabrique des faux papiers pour les gens que les Allemands recherchent.

Une fois à la maison, j'ai cherché comment on pourrait se fabriquer, nous aussi, des faux papiers. D'abord, il fallait que j'en trouve des vrais pour les imiter. Je suis allée dans le bureau de Papa, où je n'ai pas le droit d'entrer sans permission. Mais

Papa n'était pas là pour me la donner. En plus, Fantômette ne demande pas la permission à Masque d'Argent pour fouiller dans ses affaires. Et moi, je suis fan de *Fantômette*.

Donc, j'ai trouvé sur le bureau de Papa une chemise en carton marquée « Dossier Famille ».

À l'intérieur, il y avait un passeport. Je l'ai emprunté et j'ai découpé une feuille de papier de la même taille. Puis je l'ai pliée comme le passeport et j'ai écrit à l'intérieur en lettres d'imprimerie :

NOM : Lechef
PRÉNOM : Claude
NATIONALITÉ : française
SEXE : Zut, on va savoir que je suis une fille.
TAILLE : Il faut que je demande à Maman.

COULEUR DES YEUX : marron, mais j'aimerais mieux bleue.
DATE DE NAISSANCE : 6 mai
LIEU DE NAISSANCE : Bordeaux

DATE DE DÉLIVRANCE : La maîtresse nous a dit que la France a été délivrée par les Américains en 1945. Mais si c'est la fois où la France a été délivrée par Jeanne d'Arc, c'est beaucoup plus tôt. En tout cas, c'est bizarre comme question.

DATE D'EXPIRATION : C'est n'importe quoi ! Comment on peut savoir à quelle date on va mourir ? Je comprends pourquoi Papa se plaint toujours que c'est fatigant de remplir tous ces papiers.

Le soir, au dîner, je me suis fait une drôle de réflexion. Je trouve qu'on ressemble à la famille Queline. J'ai un grand frère, Noël, et une sœur, Boubouillasse. C'est la même chose qu'Antoine, Fanfan et Michelle. En plus, Papa dispute souvent Noël parce qu'il ne travaille pas beaucoup pour son baccalauréat. En plus, Papa ressemble comme deux gouttes d'eau à Papa Queline. Il n'est ni vieux ni jeune, ni beau ni moche, et il a l'air fatigué.

J'ai demandé à Papa :

– Pourquoi tu ne te laisses pas pousser la moustache ?

Papa a eu l'air très surpris et Maman a éclaté de rire. Elle a dit :

– Tu te rappelles, tu étais moustachu quand je t'ai connu ?

Alors là ! C'était vraiment une coïncidence troublante, comme on dit dans *Fantômette*.

4

L'ESPIONNE DÉCODE

Le lendemain matin, je me suis levée très tôt pour remettre le passeport où je l'avais trouvé. Malheureusement, Papa s'était levé encore plus tôt. J'ai vu de la lumière dans son bureau par la porte entrouverte et je l'ai entendu qui parlait tout bas à quelqu'un.

– Moi non plus, disait-il, je ne manque pas d'occupations !

C'est ce mot qui m'a fait sursauter. J'ai passé un petit peu la tête par l'entrebâillement pour faire mon entraînement d'espionnage. Papa téléphonait en gribouillant sur un papier.

– Je n'ai pas réussi à joindre toute la bande. Tu pourrais contacter le Blaireau ?... Vanessa ? Oh non, ce n'est pas la peine. Elle a vraiment coupé le contact. Je ne compte plus sur elle...

Je me suis sauvée, tout affolée. Papa est dans une bande ! Avec le Blaireau, en plus ! Et cette Vanessa ne m'inspire pas confiance, elle pourrait bien trahir.

En classe, la maîtresse nous a lu le chapitre 4 et j'ai cru que le plafond me tombait sur la tête. La petite Fanfan, qui a mon âge dans l'histoire, elle a espionné son père exactement comme moi et elle a découvert qu'il était dans la Résistance ! Elle a très peur pour lui et elle ne sait pas si elle doit en parler à sa meilleure amie.

Moi, j'ai décidé de tout raconter à mon club. Mes espions m'ont écoutée, la bouche ouverte, les yeux tout ronds.

– Mais… c'est fini, la guerre de l'Occupation, a dit Emmanuel.

J'ai répondu qu'il y avait plein d'autres guerres. Il y en a au moins une nouvelle par jour à la télévision.

– Oui, mais c'est pas dans la France, a dit Emmanuel avec son ton de pleurnicherie.

Il ne veut jamais qu'il nous arrive quelque chose, c'est énervant !

– Tu devrais chercher le papier que gribouillait ton père pendant le coup de téléphone, a fait Angelo. Ça serait un indice.

Je l'ai regardé, très surprise :

– Tu lis *Fantômette* ?

Je suis retournée dans le bureau de Papa en fin d'après-midi, mais le papier avait disparu. J'ai ouvert le « Dossier Famille » pour y remettre le passeport, et là, j'ai cru que j'allais faire une crise cardiaque. À l'intérieur, il y avait… une fausse moustache dans une pochette transparente !

Le soir, j'ai bien observé Papa au dîner. Il est souvent raplapla en fin de journée. Mais là, il paraissait plutôt excité. La sonnerie du téléphone, juste au milieu du repas, lui a fait faire un petit bond sur sa chaise.

– C'est pour moi ! Boulot en retard... Je prends la communication dans mon bureau.

Il est parti en courant.

– Speedé en ce moment, a remarqué mon grand frère.

– Je lui trouve même l'air préoccupé, a marmonné Maman.

Moi, je pensais :

« C'est le Blaireau qui l'appelle pour lui dire que Vanessa a trahi. »

C'est ce qui se passe dans le livre de la maîtresse. Il y a un traître qui s'appelle Dupetit. Nous, on sait que c'est un traître, mais Papa Queline n'est pas au courant. Il voit qu'on arrête ses amis et il ne sait pas qui les a dénoncés.

– C'est Dupetit, c'est Dupetit ! a crié Mehdi.

– Mehdi, on n'est pas à Guignol, a grondé madame Maillard.

Mais elle n'avait pas l'air très fâchée, parce qu'elle le déteste aussi, ce Dupetit. Elle a dit en fermant son livre :

– Bon, la suite à demain.

On a tous supplié : « Encore, encore un peu… » en joignant les mains, et madame Maillard a continué, en imitant trop bien la voix du méchant qui veut faire croire qu'il est gentil.

– Je vais le tuer, a dit Emmanuel en étranglant sa trousse.

Le lendemain, j'ai réuni mon club en urgence à la récré de dix heures.

– J'ai du nouveau, j'ai retrouvé l'indice dans la poubelle.

C'était la feuille de papier que Papa griffonnait au téléphone. Les phrases étaient en langage codé : « Charlie, t'iras pas au paradis », « Je n'ai besoin de personne en Harley-Davidson »…

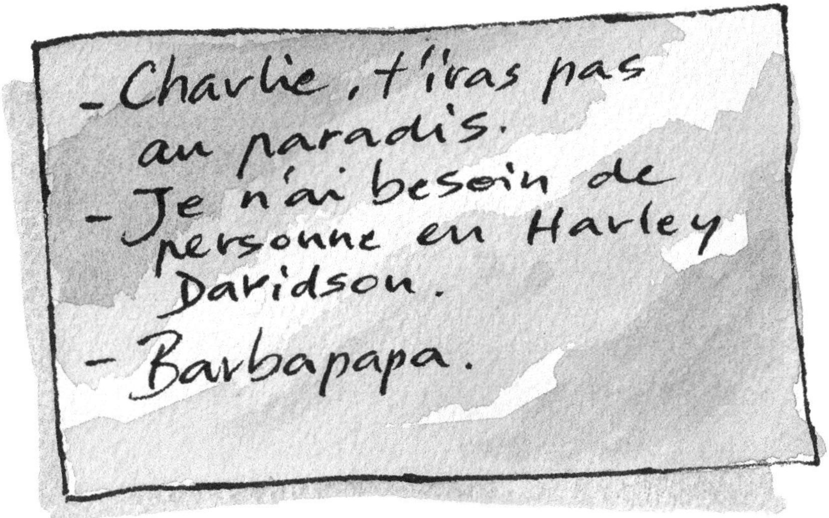

– Et pourquoi c'est marqué « Barbapapa » ? a demandé Emmanuel.

J'ai répondu :

– C'est sûrement le nom de code de mon père quand il met sa fausse moustache.

5

L'ESPIONNE EST LIBÉRÉE

Pendant ce temps-là, les affaires de Papa Queline ne s'arrangeaient pas. Il avait enfin compris que Dupetit était un traître, mais il ne pouvait pas aller le dénoncer à Raymond, le chef du réseau, parce que son imprimerie était surveillée par la police. Et si Papa Queline ne prévenait pas Raymond, tous les Résistants allaient être arrêtés et torturés. On disait tous :

– C'est affreux. Comment il peut faire ?

J'ai proposé qu'il envoie un pigeon voyageur à sa place. La maîtresse m'a regardée avec des yeux malicieux :

– C'est presque ça, Romarine… Je vous dirai demain ce qu'il a trouvé.

Le jeudi, quand je rentre à la maison, je suis toute seule jusqu'à six heures. Des fois, j'aime, parce que je peux faire tout ce que je veux, manger le Nutella à la cuillère, par exemple. Des fois, je n'aime pas, parce qu'il y a plein de bruits suspects dans la maison. Et, ce jeudi-là, c'était plutôt un jour de bruits suspects. J'étais enfermée dans ma chambre et j'avais l'impression que quelqu'un ouvrait les portes, allumait la lumière, faisait couler de l'eau. Tout d'un coup, j'ai entendu marcher dans le couloir. J'ai dit d'une petite voix :

– C'est qui ?

Puis je me suis souvenue que j'étais une espionne. Je suis sortie de ma chambre sans faire grincer ma porte, j'ai marché sur la pointe des pieds jusqu'au salon. Mais là, j'ai failli hurler de terreur. Il y avait un inconnu en salopette, un genre de faux ouvrier. Il s'est retourné. C'était un moustachu.

– Papa ?

Papa a eu l'air très embêté :

– J'aurais dû me douter que mon espionne serait là !

J'ai bégayé :

– Je… je dirai rien à personne.

Du coup, Papa a eu l'air content :

– Au fait, tu vas m'aider ! Je ne savais pas où cacher mes paquets. On va les mettre dans ta chambre…

C'étaient deux caisses en carton très lourdes que Papa a cachées sous mon lit. Puis il m'a fait un clin d'œil en décollant sa moustache :

– Et surtout, pas un mot à ta mère !

À l'école, j'ai compris qui allait être le pigeon voyageur de Papa Queline : sa fille. Il confie à Fanfan un message à apprendre par cœur et elle doit aller le réciter à Raymond. Pendant que la maîtresse lisait, c'était bizarre, je voyais Papa Queline avec la tête de mon papa, et moi, j'étais Fanfan.

Je prends le métro toute seule, je vais à Réaumur-Sébastopol. Il y a des soldats allemands plein le wagon, j'ai l'impression qu'ils devinent dans mes yeux le message qui est dans ma tête.

Je change de station, je parcours les couloirs du métro, je me perds, je me retrouve, je ne sais plus le message, j'ai envie de crier :

– C'est Dupetit qui a trahi !

Enfin, ça y est, me voilà dehors. Rue Bridaine. Café « Au rendez-vous des postiers ». Je dois dire :

– Bonjour, monsieur Carpot. Je viens de la part de Victor.

Et le patron du café me fait signe de le suivre dans une pièce aux volets fermés où dort un billard. C'est là que se cache Raymond, et je lui récite mon message. Voilà. Mission accomplie, l'espionne.

Et à la maison aussi, j'ai accompli ma mission avec Papa. On a tout préparé en cachette, le gâteau, les bougies, les cadeaux, les CD, les ballons à gonfler. Tout est stocké dans ma chambre. Samedi, c'est les quarante ans de Maman, et Papa a contacté toute la bande de leurs copains d'autrefois. Même Vanessa viendra.

On écoutera *Charlie, t'iras pas au paradis*, de Gilbert Bécaud, et le générique des Barbapapa. Tout le monde sera déguisé comme dans les années 80 et Papa ressemblera au jeune homme de vingt ans qu'il était, avec sa salopette Coluche et sa moustache. Ça va être une superfête et l'espionne est la seule à être dans le secret.

Samedi matin, c'était déjà la fête, mais dans le livre de la maîtresse. Paris était libéré et Papa Queline défilait sur les Champs-Élysées. On a chanté : *We are the champions*, et madame Maillard nous a dit de mettre un doigt sur la bouche.

Puis elle a regardé son livre fermé et, quand elle l'a remis dans son tiroir, ses yeux se sont éteints. Comme moi, quand on range les guirlandes du sapin.

Dans la collection Estampillette

L'Espionne fonde son club
de Marie-Aude Murail
Illustré par Frédéric Joos

L'Espionne mène l'enquête
de Marie-Aude Murail
Illustré par Frédéric Joos

Cendorine et les dragons
de Patricia C. Wrede
Illustré par Yves Besnier

Cendorine contre les sorciers
de Patricia C. Wrede
Illustré par Yves Besnier

Mark Logan
de Claire Paoletti
Illustré par Diane Le Feyer

Mignus Wisard
et le secret de la maison Tramblebone
de Ian Ogilvy
Illustré par Éric Héliot

Mignus Wisard
et la créature de Fou-Rire-Land
de Ian Ogilvy
Illustré par Éric Héliot

Voici Lola !
d'Isabel Abedi
Illustré par Isabelle Maroger

Signé Lola
d'Isabel Abedi
Illustré par Isabelle Maroger

La véritable histoire du Chat Botté
de Gudule
Illustré par Roland Garrigue

Jimbal des îles
de Klaus Kordon
Illustré par Nancy Peña

Les émerveillantes aventures des six frères du Petit Poucet
de Stéphane Servant
Illustré par Thierry Martin

Reviens, mamie Lise !
de Katja Henkel
Illustré par Sybille Hein

Alice au Pays des Merveilles
de Lewis Carroll
Illustré et adapté par Tony Ross